戒和同修

曾詠聰詩集

目錄

我這塊石頭依然在原地守候

——序曾詠聰詩集《戒和同修》

呂永佳

不知不覺間，曾詠聰即將踏進三十之年。在若干年前，我已常常鼓勵他出版詩集，他遲遲不肯出版，說時機未至，可見他「律己以嚴」。我比他還心急，大概是因為大家同畢業於浸大中文，其次是我鮮見這樣具才華又如此謙卑的師弟。我喜歡讀他的詩，總覺他的詩在舒徐的節奏間有跌宕處，一如流水碰上石頭，折屈而過又不失柔和。他的第一本詩集名叫《戒和同修》，在他的〈後記〉中，他說：「包含了規律、和諧，以及共同修行的意味。」從書名得見，詠聰對自己的生活有嚴格的反省，詩作是他對自己的訓練，在修行的過程之中試圖尋找自己。可見他比較著重他詩中的「屈結」處多於「溫柔」處。我不喜歡用所謂「年輕詩人」去界定一位詩人，反過來我想從他的詩作中，真切感受他如何看待生命，如何在生活的磨蝕間，重新為自己的名字補上新的註釋，繼而發現真正能讓我們前行的力量。

整本詩集洋溢著濃厚的生活氣息，而這種氣息非常地道、非常香港。在輯一「因我們是回憶的本體」中，展現「從男孩變成男人」的蛻變，以及這種蛻變所演生的孤獨，這為整本詩集定調。當中得獎詩〈回家〉寫得非常深刻，這首詩寫作者搬離老家，開始獨居生活（或許日後是同居或另組家庭），然後回老家重新遇上自己的過程。詩中以沙為始、霧為終，以輕渺之物，寫成長之重。

詩人說：

很想告訴你們：赤裸於我
已不再可怕了，獨立長成一種儀式
掄刀，空間一分為二，也屬於一種儀式

這裡「儀式」一詞，又有宗教意味，彷彿是透過一種儀式，告訴別人自己進入另一個階段，這「儀式」在詩作中有非常具體的描寫：

從未遺下的鑰匙，現在逐根抽出來
懲罰一般，判處它們終身監禁

「逐根抽出來」，彷彿每一下動作，都有痛感。痛感何來呢？當「舊居的反義詞只得一個家字」意味著作者認為獨居生活是為成長的割禮。這場儀式一方面意味著成長的必要，但這必要又夾雜著對父母的不捨及於心有愧。每個男孩成長成為男人除了需要面對角色的轉變，也需要適應「親密」的變質：從近距離的天天相見，到遠距離的寒暄問候，這一份變，是不是每個香港男生都不能迴避的痛？當個體一分為二，必然的離別靜靜揭幕，詩人在回家的時候碰見過去的自己：

門又打開了我和自己差點撞上：
看著我勾著門匙，正趕回家喝剩下的魚湯
我淺淺地笑了，繼續踱步至家的窗前霧化

「霧化」是詩人非常喜歡的用語。在生活的分岔路口，〈回家〉一詩有演繹強烈孤獨。這種孤獨感從何而來呢？或者是從母家中分裂出來，或許是因為日後要獨自面對生活壓力的惘惘威脅。〈年獸〉中源自家庭、家族的無聲孤獨靜靜蔓延。初老的感覺在很多詩作中皆有陳述，像〈放空〉中寫：「**天空長久都是海的倒影／我需要悄悄地在黃昏前忘掉年輕**」。也像〈心室九首〉中令人感受封閉卻自得其樂的魚缸。在曲彎的鏡中，自己逐漸變形，但又彷彿向真實的自己走近了一步。

這蛻變的孤獨不單體現在家庭之中，同時也展現在友情之中，在〈最後，我來到了灣仔西〉中有寫盡了丟失、迷路、錯置、重新發現、再丟失的過程：

天空仍在車窗外，褪掉了好幾個冬天
我們不時出來交換回憶，因我們是回憶的本體
誰也沒再踐踏的山路，長滿燒焦氣味的野草
逐漸焚毀，如同隨手丟棄幾張郊遊圖
聽聞灣仔西風景媲美泰國，但營帳早已歸還
營釘懸在我們的臉
而我們寧可獨自遠走泰國

〈最後，我來到了灣仔西〉技法成熟，回憶套回憶，相互滲透、呼應。經歷折射情感，曲折迂迴但新的人生軌跡又漸漸明晰。友誼的失落與單薄，在後來一次詩人作為帶隊老師舊地重遊時浮現出來。正如因為這次誤打誤撞，他發現感情的重量或會在時光裡擱淺，或者這重量只可以存放於某個特定的時空之中，只能封存，如果接觸新的空氣，便會氧化、變質，甚至風乾而逝。在生活的經歷之中，詩人發現生命的本質：與永恒的虛無展開一場無止境的角力。但這場角力或許只是讓我們意識到自己的局限和渺小，在〈人造雨〉中，詠聰說：

我們只是跨了過去
沒有變得成熟

我們不曾進步，只擁有進步的幻覺。

詠聽是中文教師，與學生的交流互動是必然遇到的題材。學生是一面奇特而複雜的鏡子，在他們的人生和境遇中，反過來讓作者認識自己，更明白自己的臉容和臉容背後的稜角。在詠聽的詩作中，師生關係不存在以往我們熟知的尊卑關係，也不存在著「輔導者與被輔導」的說教模式，他傾向向學生謙卑地學習，從學生的處境中，明白人生的不公與暗黑部分，反過來鑄造一份滄桑的無力意識，在〈將盡、無盡〉、〈油酥雨〉（二〇一五）、〈與亞氏保加症學生談死亡〉（二〇一六）及〈活埋三首〉（二〇一九）中皆體現這種意識，而且一首比一首沉重。在〈與亞氏保加症學生談死亡〉中，詩人說：

我們談論的死亡如果是一種生物
那會是蹲踞影子中的麻雀
那會是月球般的夜行動物
白化症的純潔從牠們身上掠去
所有你鍾愛的物象都不是陽光的據點
我也曾像你一樣，渴望
死後給紀念為法定假期
但彼此都知道
那天只會得一人放假

在社會中，人分為兩類：正常與不正常。所謂不正常的人，卻「被」需要融入正常人的世界中。更重要的是就算他們成功或者失敗，都註定卑微。如果有造物者，為何要為他們的生命寫這樣的劇本？這份卑微，滲雜更多的是：被誤解、被遺忘。在自我封閉的世界中，被迫打開自己，張開雙手迎接痛苦的光臨。在〈活埋三首〉中，有同樣深刻的啓發：

我後來才知道，再方正的規限
都不過是人訂立的
那是在某次監考，與窺探的人
重疊於門的小窗才醒悟得到
而你正張望著天空，未有起飛，靜靜
等待一切考驗結束

除了接受，彷彿別無他法。生命充斥無止境的考驗，卻沒有人質疑為何考驗必須存在。學生和詩人自己時時因考驗而絆倒。傷痕漸漸隨年月而變得透明。正如作者在〈教母親玩FACEBOOK〉中，作者說：「**我鍾愛模仿別人的角度，檢視自己**」，或者是〈對流雨〉中第一次給家用，詩人都彷彿生怕考驗不夠鋒利，而這考驗像詩人的鼻敏感一樣根本難以拔除。

在靜處與沉默之間，詩行中不難發現詩人對秘密的「鍾愛」。或許秘密才有個性閃光。在〈石牆樹〉中，詩人說：

我很想看到大樹懸掛著秘密，一棵、兩棵
生活本應要無憂無慮，大樹說

但自某個狂風暴雨，我們便被教會收拾心事
圈畫一個小洞
最後長成了樹的陰沉

陰沉是不是必然的出路？詩人傾向在靜處思考，而不傾向與人爭辯；傾向某些意義默默流失，而不傾向強行挽留。在死亡這大結局面前，詩人展現一種恭謹的謙和，但心中情緒又未曾安穩，一如〈四月的鴉〉中那「**裝著淡然的男人收進旅店背面**」。在輯五「有人說魚擅長遺忘」中，值得注意的是詩人寫了不少關於死亡的詩，像〈彌留〉寫了劉曉波之死，像〈腦退化〉中寫「你」，還有〈夏天的聖誕樹〉中的「肥姨姨」和〈桂花魚〉中的外公。部分句子非常沉重，像在〈桂花魚〉中：

我這代人從你身上學會的，只有張口呼吸
像遇溺的魚跟天空喃喃自語

魚人相連，誰不是在生命洪流之中苦苦掙扎，生命有愛就有痛，在得失之間取捨浮沉，在規律之中馴服個性，是詩人給自己的最大習作。死亡是文學揮之不去的影子，或許我們一生都必須學習如何與「失去」相處，在自我安慰之中完成孤獨的終曲。

給曾詠聰

周漢輝

香港詩向來擅寫生活，微觀個體與日常。年輕詩人曾詠聰自然也有沿此路向書寫，而其詩句中處處透發來自生活的壓抑，既是如斯普遍，同時更有同中有異的銳利處——敏感於挫折、不安與傷逝的年輕人身上，切膚的痛處。猶幸詠聰遇上詩，觀乎這本詩集中每首詩註明的完成日期，從起步處的沉鬱抒情，寫到其摯友吳其謙撰文細讀的佳作〈夏天的聖誕樹——給肥姨姨〉，接通香港詩賦體敘事的一脈傳統，繼而糅合個人情感與具體的情節推展，發展出屢獲文學競賽大獎的〈最後，我來到了灣仔西〉、〈與亞氏保加症學生談死亡〉——就是我認識詠聰詩作的起點，而當歸入整本詩集的脈絡，置回詠聰寫作的歷程中，又可見出年輕人從自行與社會碰撞，一步一損地成長過來，到了啟導更年輕者的位置，儼如面對往日的自己，導人亦隱含導己的意義。對我來說，有此機緣為詠聰第一本詩集寫推薦語，也許亦是如此。

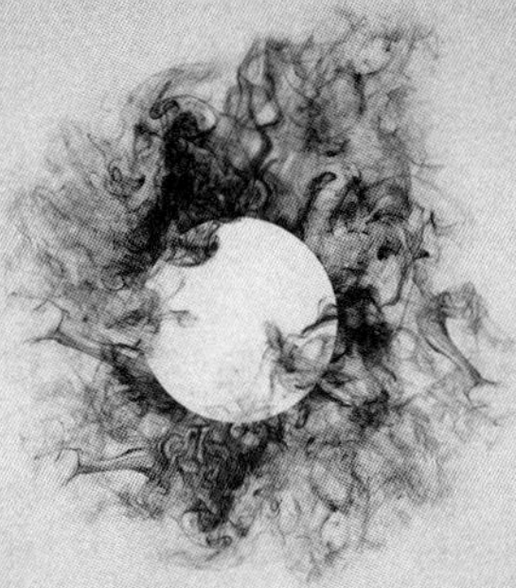

輯一

因我們是回憶的本體

回家

房子剛收回來，室溫偏冷
彷彿所有東西放進去都是靜止的
窗台略大，擺一疊厚墊
看街上途人過鬆的影子
外面永遠有抹不走的霧印
樓上單位隱約看見家的髮際
這裡卻只得幾根黑髮飄散
我是其中一根，剩下還是我的
我長大了，會在假期後搬離，像沙

離開不誠實的寫生
行走的道，每天都和腳跟告別
一個接一個的過客，景物，如此熟悉
不按關門鍵的鄰人
最後一次由我收起了門
推開傘，這裡的雨不再沾到肩上
那是關於跨步，假期又關乎開始

我們會在相似的大閘按不一樣的密碼
保安不一樣，鄰人的咳嗽不一樣
升降機不一樣，連信箱開鎖的方向
也不一樣，投進去的苦惱可能相像，但我的郵差

不會默唸你們的英文拼音

然後我像扔出去的扁石，滑過玄關
沉入沙發的中心，節目不歇息地閃動
有時我忘記了洗澡，一直地呆坐著
讓聲音填補默劇的全部缺失
你們會否感到難過？會否感到胸骨
虛裹著一些不能剖白的事？
很想告訴你們：赤裸於我
已不再可怕了，獨立長成一種儀式
掄刀，空間一分為二，也屬於一種儀式

無法想像那天我拎走門後，你們說了甚麼：
母親或許唸著油漆的顏色而父親
保留房間佈置。我沒有刻意說離開了
就如過去我一直羞怯說回來
從未遺下的鑰匙，現在逐根抽出來
懲罰一般，判處它們終身監禁

最後我會忘記在餐桌前脫下手錶
浴室的地毯再沒有赤腳踏上
不會在企缸小便，毛髮也學懂內斂
慎重地維持著，如你們的裝潢，艱難地
藏在門鈴背面的微小招呼

一頓飯的喧鬧，怎也想不起
上次在這道鐵閘後到底為誰敞開了門

舊居的反義詞只得一個家字
飯後回家，或許遇見一些舊鄰人
如果他依然照鏡子，門便自動合上
倒影多了一個訪客，披著一片大碼影子
門又打開了我和自己差點撞上：
看著我勾著門匙，正趕回家喝剩下的魚湯
我淺淺地笑了，繼續踱步至家的窗前霧化

二〇一八年三月廿九日 初稿
二〇一八年八月十日 修訂

〈本詩榮獲第四十五屆青年文學獎新詩高級組冠軍〉

化

夜半醒來，想起自己的年紀
匍匐一般，遲緩，霧裡讀著自己
更多時候我避免稱呼我
尤其一些記憶，在厚重的玻璃
重疊，還有灰塵，映著光不寐
扭開燈，熟睡的暗影化開
後悔剛才的緬懷，幼稚，於是中年的我發笑
於是老年的我搖頭，打一個
超越二萬光年的噴嚏
冒失地貼上霧一樣的窗

夜雨在上面完成輪替，無數的
透明的水痕，凝視有人在以小化大

二〇一八年七月廿四日

放空

一隻麻雀飛過
兩隻麻雀飛過
枯萎的冬日垂到鞋的邊緣
我想起小時候用木顏色
沿物件的輪廓勾勒出剪影
彷彿一切都是理所當然
體重與空氣
坐下和離開
我也有過自己的天，依附在
一支新買的粉紫色裡

而角落的太陽映照一個交疊的缺口

抒情是沒有尊嚴的申辯
朦朧的鏡面上我的臉沒有巴黎
車程不長，生活只能謄錄兩行短詩
為違心的時間懺悔
你在盤算甚麼？我寄望空白
我寄望車站外的天空染成深紫色
然後下一場雨
一場從地底躍升的傾盆大雨
人們乘坐短傘滑過行人道
鞋履樹根也填補了養分

再沒甚麼可用一句説話輕描淡寫

天空長久都是海的倒影

我需要悄悄地在黃昏前忘掉年輕

二〇一六年十二月七日

四月的鴉

——和楊牧〈閏四月〉

鴉自鼻敏感裡驚惶，揭開薄雨
瞥見一個人佇立在迷茫的玻璃窗
內，像清晨化開的萎頓
昨夜不再勾連的詞藻
如此安穩，無聲，像我惆悵的
羽毛，此刻正匿藏
避雨，守候離場的豔陽
寡言的欒樹和孤燈，冷漠的

飛散的露：一個
裝著淡然的男人收進旅店背面
明天在明天以外的世界，破曉
躊躇，目睹自己黝黑的分身
雨中驚惶
誠如夾在玻璃窗內的迷茫的臉

二〇一六年三月三十日　吉隆坡

好不好我們明天一起去看海

好不好我們明天一起去看海
看那頭被迫擱淺的鯨魚
像我們，每天早上脫水一次
從烈日走到烈日
調整呼吸直至本體蒸發
很想拯救鯨魚的孤獨
每當看見牠凝望大海
我便想起我們
和我背後的洶湧

好不好我們一起擺脫大海
變回那頭等待擱淺的鯨魚
在長假期後一去不返
遺下桌面的小擺設不被檢收
盆栽向海靜靜缺氧
風乾，醃製一個沒有自己的夢
在那裡重新經歷生老病死
醒來又再經歷一遍

好不好我們一起去游泳
想像自己是一頭沒方向的鯨魚
不懂得擱淺

用一輩子追逐自己的海域
我們是捕鯨人的夢想
當終結是賦予人類某種意義
我們寧可放棄
容讓自己得以歇息

我們有時很複雜，很無情，像海
靈魂給陽光灼傷
説過的話也可以很透明
只有我們坐近岸邊
目送鯨魚和浪花一同枯死
哭泣才會比擲石有聲

二〇一五年十一月十八日

紅

紅色寧願是黑色的私生子，所以，誰也無法聽見它的呼喚。

——谷川俊太郎〈顏色的氣息〉

我討厭紅色：番茄、紅椒，起初以為是味道，但原來是顏色，是結構。曾有人問我，為甚麼節日是紅色，我不知道，或許因為血，血是家庭，血是溫暖，血是不可分割。有時我會想，上帝的血是紅的嗎？那麼紅就代表著孕育，代表著從上而來的喜悅。

但我不喜歡紅的食物，我確定。像番茄、紅椒，它們的顏色鮮豔，像玫瑰，我不會生吃玫瑰，所以我避免不少紅的食物，除了西瓜。過了一段日子，我才發現，我為何偏愛西瓜，我討厭的是溫度，不是顏色，像我討厭火，討厭洗澡，討厭擁抱。

不是，草莓、櫻桃呢？後來我放棄了，放棄了所有關乎顏色的思辯。直到那天，我發現已形容不了，我所看見的紅，是怎樣的紅。

二〇一五年平安夜

鬥魚

那時我並不知道
二十年後一場獨居
也剛好養了鬥魚

我只聽從母親吩咐
將鬥魚分養牛奶瓶
用十架
掩蓋牠們敵視的雙目
魚在裡面不過活命

沒有空間翻身
我喜愛手指在瓶口打圈
牠們昂首被戲弄
日子就變得充實一點

某次清洗瓶子
懶惰得
全都倒進水桶內
鬥魚終於解脫
盡情批鬥對方
不為甚麼

那時我並不知道
鬥魚為何如此討厭同類
可能我仍害怕末日
又可能我只得九歲
不懂大海

二〇一九年四月十四日

為太爺覓寶地

這裡本來沒有路，我們
依循輩分，攀爬背光的山
山是遊蹤重要工具，沿途
有人掛起數字和地標，於是
阿姑說，政府管不了
寶地，閻王在寫自己的法則

山腰衰竭，一個失卻腫瘤的洞
瓦缸裡太爺活於年歲以外
一切唇舌都來自後代

和陌生的官文，署名，就這樣
定下來了。我沒見過太爺，他
也未曾聽過這片福地

下山了風觸摸著，流淌。身後
幾個堂弟吃力地維持隊形
一行人繞山而行，生怕
原路下去的湍急，一不小心
栽進千年的空洞
這邊是一代人，三十年前
上山下山又會是另一代人
弟追上來，問我太爺名字

走在最前的大伯勾連雨傘，巍峨如小丘
到了不喜歡遊戲的年齡，口耳相傳
已淪為沒有氣息的禁忌

二伯曾對我說，人老了
不愛拜山，二十年、三十年後，根本
沒有後人來點香，魂魄會餓
但不會散。越過山丘，形式
依舊忘記。數字、地標
都不會是名字的部件
我們只擁有姓氏

二〇一七年二月十七日

心室九首

百葉簾

眼皮太薄
橘黃構成了新一天的布幕
相對於敞開虛榮
我更鍾情不同角度的摺疊，早晨
困在玻璃杯靜候陽光穿過
空調徹夜開動
也不致令窗外途人
過分乾燥

盆栽

每天起來喝一瓶牛奶
不取按金，洗淨
一個小瓶豢養一朵小花
放在窗台，預備花卉節上展覽
花店員工說這是含羞草種子
在我面前吞吃掉，指著左耳：
「很快便會開花！」
只是房間長期用冷空氣灌溉
牛奶瓶裡長出來的都沒有花的模樣
帶刺，像更害怕被人觸碰
或被人體諒

魚缸

原來我叮囑室內設計
橫放一個海洋在房間中心
但入伙那天只看到
一個魚缸擱在書桌，圓圓的
宛如世界從未嘗種植出陸地
小魚極力遺忘自由而極力泗泳
牠們喜歡望著瓶裡的仙人掌出神
偶爾，在玻璃相碰撞那刻
才探露出水面偷換一口冷空氣

光管

長期鼻敏感的人
好像較難接受強光或紫外線
我吊起雪櫃裡的小燈
拉開大門營造出距離的色溫
直至，大廈保安強制更換
有利益輸送的光管
說是溫暖，卻把我的魚和細菌
都強制烤熟了

電話

樓下的蝸牛很喜歡半夜打來
說找不到自己的住處
好幾次我都接待，客氣地
泡一壺熱茶聊天，一起等待
雨季順著風的指揮滑過窗框
後來只要一下雨牠們便脫去外殼
在瓦杯投放三個茶包，調和光線的冷漠
我致電相關部門求助
沒人接聽的電話剩下錄音：「不要歧視，
蝸牛沒有家，必須包容！」

望遠鏡

為了躲避不速之客
房間裡安裝了一副望遠鏡
鏡頭穿越百葉簾兩片，扭曲
如跨過蟲洞的宇宙飛船
滿足所有遺忘自由和細節的心臟
慢慢地我沉迷了窺管內的廣角
開始不習慣五官排列
以及左右定向和一切定語
新聞報道科學家用同款望遠鏡
發現一個可接觸的平行世界

我從房間偷看出去
卻只望到一個細小魚缸，沒有印象的魚

鏡子

於是我買了一面魔鏡
取代房間裡播放雪花的舊電視
它的功用是呈現，或否定呈現
我每次出門
臉上總浮現出馬賽克
像不同的節目從不同的電視裡
同時放映，分享一名觀眾的收視率
我看著自己，漸漸把最後的娛樂
連同背默殘片對白的怪癖
一併戒掉

牆紙

我用濕布把牆上的經典對白擦掉
抹布扭乾後都貼在上面晾乾
配合百葉簾放開的間格
營造一道在原子生活的微細村落
有時我會在午夜醒來，摸黑
面向牆壁完成一頓簡單的晚餐
夜裡有壁虎迷路蚊子吸血
心臟懸在半空就連空氣都會定格

門

我曾經成熟得像沉默的門
現在門成熟得長成沉默的我
每次看到房間只得一個——我
再多的裝潢都不過是蚊子的飯後活動
最後我或會用鏡子阻擋大門
沒人能夠闖進來
而我的心事能盛載一個世界

二〇一五年五月十日

最後，我來到了灣仔西

冬天，葉子仍纏著燒焦氣味
天空搽上薄霧，枯枝是脈絡
光影在我們身上白白穿過
十七歲那年，我們沒帶營燈
手電筒概括了幾個前進的可能
深夜的黃石碼頭剩下草和牛
我們用背囊區隔肢體，撐起帳篷
不生火，分吃著早餐似的晚餐
仰望城市般的尋常夜空
那年中五畢業，第一次出走

而網絡接收依然

背囊裡藏著的罐頭我們沒有吃
罐頭刀的責任誰也不願承認
誰借來的營帳，營釘倒臥在我們臉上
四人營搪塞五個茫茫少年
一副撲克、幾罐熱啤，交換了所有關乎夜的幻想
話題自帳幕飛盡以後，有人提議看日出
打發時間

只是我們沒有日出，露珠透光
從拉開的霧氣裡竄進衣衫化開

五個人上山下山，像遊戲
沒有規律的鞋印排列一切流和逝
後來我聽別人說：「只有我們永遠存在，
因為我們正是流逝本身。」

天空仍在車窗外，褪掉了好幾個冬天
我們不時出來交換回憶，因我們是回憶的本體
誰也沒再踐踏的山路，長滿燒焦氣味的野草
逐漸焚毀，如同隨手丟棄幾張郊遊圖
聽聞灣仔西風景媲美泰國，但營帳早已歸還
營釘懸在我們的臉
而我們寧可獨自遠走泰國

那年圍著手電筒談理想，我沒有
説過要長成現在的模樣吧？
在這將盡未盡的日子，我領著小童軍
越過最接近天空的崎嶇的山
枯枝給綁上色帶，卻沒有人承認迷路
陽光從比例錯誤的地圖上明滅
最後錯過了登嶂上的路，轉往灣仔西留宿
我把帳篷偷偷紮在涼亭，學生在簷下生火
夜裡有牛翻開我們飢餓的行囊
回憶沒有説話，像那天我們錯過了破曉
折返黃石碼頭的亭子裡假寐
尺寸不對的營帳也在習慣丟空和錯失

二〇一六年一月三日

〓本詩榮獲二〇一六年中文文學創作獎新詩組第一名〓

輯二

最後長成了樹的陰沉

恰如其分

書房對街的大廈平台
幾名消防員
正指揮樓下消防車

這個裝修了兩個月的單位
第一次
站著穿上衣的人
他們只是站著
偶爾才望過來

固定好雲梯
他們依然站著，電筒的光
逐一圈定可疑位置

白布下竄出一條手臂
有人索性拉走布
上面築一個帳篷，然後拍照

然後我就不知道了
找個半天，終於在廢紙籃
翻到管理處告示
維修電纜的日子一再延期

手機駁上電源，調校鬧鐘
關上燈，入眠
洗刷聲是這夜的獨白
一行接一行
一行接一行

二〇一九年四月四日

石牆樹

樹仍在暑假裡面
乘涼卻跳不出小學筆順的框架
一堵一堵方塊堅硬得像反常天氣
誰的手放在兜裡又掏出來
往掌心呵氣，撫平變奏的一幅樹皮
那個藏著我們秘密的樹洞
現在已長成別人的桌椅
有人在上面承諾永遠
有人篤信不疑如我們，昨天的我們

暑假仍在樹裡面
天氣漸漸枯萎而我們年輕
從前我會說一個似是而非的秘密
穿過樹洞投進石牆後的保險箱
日子和巴士流逝以後就在夜裡發芽
我很想看到大樹懸掛著秘密，一棵、兩棵
生活本應要無憂無慮，大樹說
但自某個狂風暴雨，我們便被教會收拾心事
圈畫一個小洞
最後長成了樹的陰沉
石牆仍會在暑假裡面但樹不在了

有時我坐在巴士上層望窗
緩步的外籍跑手把樹根當作喘息據點
一支礦泉水放在上面，徐徐缺氧
樹不再回來了，氣根最終也沒有觸碰土地
秘密我們都各自領回胸腔
像這道灰牆從未允許過甚麼

二〇一六年三月十三日

白樺樹

我始終相信遲疑
不會使一棵樹無故枯萎
每一寸挨近，時間都好像會蹙眉
摺疊一場全新的風景
樹會失眠，特別在雨季後的緩衝
不知不覺間有些物象放棄談話
以褪皮來要脅畏光的秋天
那會是秋天的入口，如果
有人在造林焚起白樺樹的皮
風被熏黑。一群候鳥不知去向

一切都在比照，像昆蟲忽略了山
在別人的毛衣和髮髻蟄伏
刺傷一些可有可無的結語

曾聽過白樺樹通獸語，所以喜光
耗上最大的包容，淡薄山魅
雨下了一整夜，熱鬧，卻有一座孤島
瘦成一個沒有肖像的人
走到叢林深處，撕一頁樹皮
書寫無人讀誦的情書

有時我是一棵樹的遲疑

空氣暗藏我不說話的動機
——乾燥是理由，不想犧牲也可以
有些人注定對強光敏感，哪怕回去從前
我也不願學習，一節不辨音調的狼嘷

二〇一七年十一月廿二日

罔聞

有人在隧道裡讀沉穩的鼻音
它沒有節奏，像魚骨
削平一行響亮的支節
鼻音對於形狀沒有太多意見
迴紋在洞穴內彎腰
旋過燈泡，壞死，一些人遊蕩

不發一言若算是回應
隧道會是最好的調解員
行者闖進去，一天仍在外面慢行

未被結果的命題依然對讀著
讓時間認得甚麼叫慢
讓世界曉得甚麼叫沒有
甚麼永遠不會被完成

都已不再重要，以外的一切
謄正過的，我們終會忘記
拖沓一條長長的魚尾骨
還有甚麼比輕率更能懂得刺傷？

睡眠裡有人刻意模糊
認出來，也只會是透明

面對不願辯斥的真相
人們總擺放著陌生
然後訛稱現在或許剛好可能沒有空

二〇一七年九月十九日

沉默

自從他搬進了軀殼
老人就只剩下街道和碎步
一座忘記漂浮的孤島
自由式繞不過的海岸線
眼窩蓄養的鹽分也逐漸抛開
蒸發，像一通越洋的來電
對方和對方只談論降雨量
傘子隱沒在雲霧
而某個他自軀殼裡突然失蹤

二〇一五年十月六日

金魚

停電，我捧著一碗稀粥
貼在門前
從廣角扭曲的視覺裡
我發現，肢體被丟在門外

二〇一四年十一月九日　北京

年獸

又一年，我們把揮春紅聯掛上
去年的膠紙早已發霉
在福倒的角尖
烙一個勉強的小年輪
千百年了我們仍在對抗無形的獸
大年初一潛進大廳圍一底年糕
盯著電視轉播預設的平面祝賀
一家人走到街上，不分散
年獸躲進深巷凝視
而我們在滿座的巴士裡未敢説話

小時候我無從理解成年人的賀詞
一個手勢幾句祝賀
原來已是破除年獸的最好魔法
長輩說他們也未見過獸的面目
只要我們團聚，年獸根本不足為慮

又一年了原來獸早已探進我們心房
扭開電視，吼叫便自飯桌上蔓延
多少個家被獸破壞和噬魂
我依然執著祖先的紅聯但已然失效
一團和氣腐蝕成軟弱的咒語
我們閃避、爭拗

在沒有信任的圍牆拆開誰的陰謀
長輩未見過獸的面目
卻偏執說我們流於想像

你們知道嗎我還是會期待新年
那個相互恭賀、節目單調的火紅季節
過去我怯於拆破你們封閉的門窗
只是因為數字比瓦片易碎
當年獸拿著鑼鼓在門前竄過
仍要相信膠紙的霉黃無力能貼上平安一張嗎？
那隻獸會因我們的幼稚竊笑嗎？
酒樓上只願舉杯的舊人

會觸碰這個新兕如同觸碰牆上的電視嗎？
如果一切都是新和舊的分歧
明年我又會否披上棉襖繼續偽裝
像磚頭般被動
找一個不遠的位置跌倒
說盡祝賀說話然後盯緊電視的陰霾
靜候誰人把我搬回原處

正月過了有人嘗試解讀獸的心思
有人恪守傳統有人編織新兕
有人的家門在夜裡給年獸綁了個死結
團聚只為了定期鬆開門窗的關節

這一年來所有生肖都在冬眠
被迫清醒如我們也學會在飯桌專注咀嚼
關上門整個思緒都在抗衡一隻獸和一圈年輪
歷史從沒有記載獸的數量
新的一年我們仍然期待門外走過一隻張揚的獸
但原來牠早在門的揮春裡面過年
為我們和列祖準備了一頓豐足的年夜飯

丙申年、紅猴年，大年初二

別針

曾經，我忘記了別針的姿態和弧度
彎曲的風景都藏在衣袖裡
走進街巷深處，告訴飛蛾昨夜的夢
折返，回到那斑駁筆直的行人路上
繼續徘徊

夜了，便把多餘的肢體摺疊起來
雙手扣成一個冰冷的勾
掛在被單外的稜角，風乾
確定身體不能輾轉，無意識地

繼續像疑問一樣靜靜等候
睡眠，從來都是被動的
而我們，是不能動的

長大以後，我失去了一切溫度
年輕時烙下的鏽跡，用衣領蓋住
複述結成掌心裡堅固的痂，握緊
別針穿過毛衣的稚嫩
血就滴在姓氏上面
我牽著兒子走過行人路
讓老師教授他眾數和公義
而我默默地往相反方向

思考著失眠的詞性
以及各種靜的變化

二〇一四年十月三十一日　北京

餵貓人與貓

放下飯菜野貓便沿著記憶的小徑步來
雜沓的光和影，輕盈，生怕打翻過路的燈
牠們長得比我還寬，如一幢大廈
坐在石墩看其他不自然的風景，寒流吹過
自由不過是弓背或一個冗長的冷顫

我喜歡你緩慢收去飯盒的姿勢
袖口填滿了我之於室內的遐想
有時我想蜷進人的耳蝸，在颱風、在暴雨時
一傘又一傘拒絕世界的蘑菇，淹沒誰的內向

只得我們諦聽地藏菩薩的頑固，以及偏頭痛的葉

早上我還是要延續鼻敏感的歷史
佇立的街燈在我離開時逐一壓熄，天柔弱地亮
我等待工作以後熬一鍋稀粥，夜裡
和幾隻陌生的貓蹲踞影子，默默風化
像雨搖落城市的不同風向，搜索暖和的季節

我是冬日，是枯萎的楓葉嗎？長在小巷裡
一隻新來的三色貓訴說回南天的緋聞
終於到了拆下聖誕裝飾的年歲：
人們追趕公車時脱去圍巾，報紙即日過期

這天沒有瘦長男子揪著膠袋，跳過鏽蝕的鐵欄

繞過一些生活我不能依仗誰
坐在只有自己的地板我想像芒草
一顆不代表甚麼的流星劃過，沒有人邀請我
許願，在求偶的季節，道別附帶重量
幾條尾巴也不可能纏鬥星球的運轉

覓食如昔，一隻白貓的怨氣氤氳
在最熟悉的街巷迷路，我早已習慣
不去猜度時間的海，快與慢，遠或近
居住城市的邊緣我們都是多餘的物種

插曲只是歷史裡的一節誤鳴

二〇一六年十二月十日

鴉

自從學會了盤旋
我們就習慣躲在眼神後面
看著雨絲穿過皮膚，沒入沙石
解開所有語言的符碼
等待，天橋和隧道深處的微光
逐一熄滅，散去
在藍色和藍色之間作出抉擇

陰天，我們藏在身體的一角裡
刻意把說話的尾音拉長

讓對方只想到嘴巴和
眼神，逃避是種壞習慣
但責備請留在捉迷藏以後
你要先在不熟悉的軀殼中
找到我
如同那天你越過窄巷
把風景和飯焦都留給了，迷路的我

有人說：「生命是在學習舉重若輕。」
我知道你早就學會了，沉默
比這句話更能勾勒，輕的輪廓
很多年以後我們會任由靈魂遊蕩

丟下生疏的軀殼，遊蕩
到那場安寧的挫敗
呼出肺的重量
以及察看混濁的雙眼

慈烏慈烏，我們飛過林野
卻躲進眼神後面
看著語音穿過血脈
沒入無言和無語之間

二〇一四年十月十八日　北京

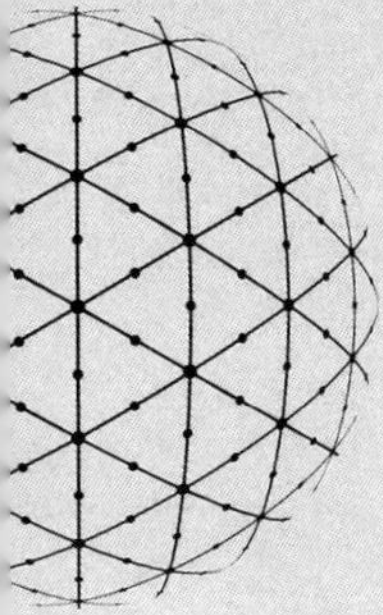

輯三

世界公園

回聲

遺失了的話語從未歇息
一直蕩漾，現在的遠近
句子無傷大雅不會像流水
給沖淡然後逐漸化開
我是必須承認自己不夠廣袤
總是被回聲浸染
在自轉公轉間更易迷途

多想我離開了依然在場
季節開始忘掉變改

世界縮成一幅色盲的地圖
回聲竄到哪裡我都在哪裡
雲模仿天空的顏色掩蓋裂痕
穿越了一個國度
我可會收到去年的一句回話？

天橋大街櫥窗通通走過
人們都習慣不止息的停頓
徘徊著的回聲足夠組成自我
飛鳥不知道天空的名稱
魚類在陌生的海域打轉

我會嘗試捫著耳朵
跟世界和解

二〇一六年一月十八日

動物園

鐵籠外有量詞靜候
拿著小糖果
嘗試從遊客身上，解讀
一組時間的偏愛

有時我會停下來
想像駱馬在身旁走過
依時攀上觀光車，哼著兒歌
到小食亭買兩枚紀念金幣
順道拿一份香草雪糕

送給羚羊

有時我坐在雲石椅
房子內，有黑猩猩忙著叩門
沒人回應，便替牠撥一通漫遊
讓水母分解出
語言外的微小結構

有時我會迷失
在動物園某角落
把一首兒歌完整哼完
靜靜地，等待小白兔

或是母獅子

記得你曾問我：哪種動物
是第一名到達這裡的？
是人，我搶著說
那時黑熊仍在午睡
我們在分享一份香草雪糕
就在某個，無法被量詞歸納的
喧鬧黃昏

二〇一五年一月八日　高雄

炮台山的早上

清晨我逃出地底
與剛離開家人的誰反方向走
我們都習慣不微笑的問好
遇見，就是一切如常的記認
昨天如常，今天也必如常
一批舊行人終被取代
穿旗袍的女學生抱擁著未來幾疊
在天橋和沒有未來的我相遇
我維持一貫冷淡予以歡迎
像那天我給誰人漠視

然後慢慢學會自我凝固

電車在腳底下停留
有人在搜索投幣的地方
有人埋怨，卻不願提醒
白眼看著樓叢外牆色剝落
還有一點天空，微小，貧乏
滲透著比街燈虛幻的構想
容讓電車領他到現實的目的地

天橋掛在街市的旁邊
燒味師傅把生計切好擺賣

三張木椅拼湊成龍床
供奉著一個不會動的老伯
幾個老太太竊竊私語
用一段古老方言築起自己的故鄉
轉過忙亂和休閒的樓梯
我會買一份三明治和熱咖啡
帶回公司享用，或者吞嚥

這時對面馬路有人叫囂
幾個學生向我揮手
我從不懂分辨人和人的距離
是回應，還是低頭走過呢？

應教導他們小心交通
還是自己越規跑過去呢？
他們是我班裡的學生
而我卻在清晨便開始學習

又有人從茶餐廳步出來
同事背著我，往同一方向走
我嘗試墮進他的節奏快慢
紅綠燈前故意站在後面
不被發現，或等待被發現
尚有一段路要走：
穿過商場穿過公園穿過保姆車和人群

同一路徑同一目的地
甚至是同一種期待：
等待開始，等待完結
最後我們一起和校工說早安
假裝對方或自己披上新襯衣
讓驚訝穿去了兩個多的學期

二〇一五年十一月十一日

學習避暑然後著涼

被咬了一口的紅蘋果
讓來自英國的女孩永遠離座
童話慢慢駛遠
像停泊在快餐店的陳年火車
小孩子爭相坐上駕駛席
嚮往操控或被操控
幻想過風景，流竄在無簷車廂外
有人曾在上面平跳，騰空
奇怪自己沒被氣流沖走
殊不知風景早就撥去了

所有定格的勇氣

商標顏色裝潢擺設
新的城市需要人們舊的追求
刪去音樂噴泉下的重逢——
一圈又一圈白板拼進空檔裡重組
敬請期待新裝上市
敬請期待生老病死
敬請期待敬請期待

廣場不反對公園靜坐
卡通小狗在十個黃金週下罰站暴曬

看著孩子爬下月台
躲在黃巴士學習避暑然後著涼
自此錯過一列回去的火車
從未懷抱過的勇氣翻越不了時空
留下來，適度改變一種擺脫的姿勢
或隱藏在重逢樂譜裡的最終章
教人擺脫一種改變的姿態

二〇一五年九月廿九日

中秋在荃灣海旁

夜涼如水
看著青衣和岸邊的夾縫
海，或會有我的答案
你坐在長椅，我的身旁
一地蠟餅延伸成另一片汪洋
夜半的風抹過怡康街
自熄滅了的西鐵站
數小時前我盤腿而坐，在那裡
聽著歌者自彈自唱的空洞，而你
遺留手機鈴聲的場景，我們都不喜歡

小學開始，我便待在這座
等候發展的城
不止一次我想搬至海的另一邊
青衣應該看到月吧那你就不用走到沙田
靜靜的，和我，觀賞月在浪裡升高
下沉，像吹氣燈籠的琉璃光
無奈現在的風景帶著我渴慕的倒影
海不回應，呼出一陣煤炭味難聞
天快亮了海中心的船慢慢挪移
退出節期，幼稚的爭辯
只得承認我永遠滯留這邊

列車的盡頭，海卻不停歇
疏落有致的高樓，早晨從中透光
新的一天依舊在水一方
對岸有人沿海岸線慢跑，長椅後
幾個老年人交換快將枯萎的鄉音
你渴望回覆，或許我應該浮出水面
偷換一口成熟的空氣

二〇一四年中秋節翌日

南森町

我是怎樣走到這地方？
一句說話在街道沉沒了
如擲船錨的水手，克服傾斜
熨平天空留下綿延的線
盛夏刪走行人和嘆息
每道玻璃後都站著休閒的人
我不敢相隔著距離問路
駐足，或是疾走
都好像構成一種破壞
如剝開雙手合十的謙和

走過這地方要懷著敬虔
這裡的鳥不愛談話卻深諳讀心
跌落牠們眼眸
豔陽下我們焦慮地走
拆開說話從街頭咀嚼到巷尾
我彷彿聽到世界繞著宇宙跑圈
其餘星球沒有作聲
虔守一種剩下自我的靜態

二〇一六年八月八日 大阪

東本願寺

「死」的存在，是賦予「生」無限意義。

——蓮茨祖運

屋簷一雙易碎的耳
晨雨中傾聽信眾誤讀梵語
來自濁流的意象
坐在條木裍去橘肉色球鞋
揪住膠袋腳掌也學不會輕放
一群約好悼念世界的僧人

從圜誦中紓解
銀河上下游的一切塵囂
旅人來回踐踏宇宙殞落的碎石
沒有一個記得洗滌水勺的銅氣
我在三個鮮豔大鼓間
想到一座容納二千寺廟的古都
怎麼沒有一所生的遺址？
一些不重要的枝節
不過是念珠上一圈循環
僧人可越過不鍾愛的木珠
專注忽略今生的形狀：
寺外佇立一隻仙鶴

讓整棟莊嚴在淺景深內焚化
偶爾有人自牠的眼眶
得到生命最後一道課業

二〇一六年八月十八日　京都

輯四

交換一個眼神也許明年不會再見

將盡、無盡

將盡

下雨未及收回的衣衫，日子依然
洗街車是街道裡多餘的意象
喻解，途人不能剝開
烏雲一片，久未放晴
藏在暗角的咖啡店快將約滿
留下座椅，仍會讀詩仍會修改嗎？
窗外有透明燈飾，如常
地面浮起雨水在氣壓裡腐蝕

有人推門而進，又有人草草離席
打開傘跌出幾把鑰匙還未蒸發
一片串連著雲層的屋簷
貓和不打開傘的人靜靜站著

無盡

下雨依然穿上皮鞋，步過大海
西褲勾起兩道筆直熨骨
和無數旅居車廂的人交接
逐漸學會從容地問好，像學生

跟新來的老師膽怯點頭
自我介紹，黑板刻上名字，如常
放晴，傘收進抽屜隔天卻下起雨來
一把一把堆疊在面海的氣窗
有人收拾陳年日誌，有人擺放月曆
打開傘但仍想看對岸的聖誕燈飾
不想回家的學生佇立門外
交換一個眼神也許明年不會再見

二〇一五年終

與亞氏保加症學生談死亡

想像一顆白化症的太陽
燒毀我們背後僅餘的拖沓
就是這麼一瞬，我們接近
天堂，以及你的語言能量
使者唱低調的頌歌
地表上的人都想模仿你的安寧

或有一天麻雀不願再飛
窗台佇立的只有無盡的蕨類
我無法告訴你植物死後的去向

坐在窗內看放風的灰雲
有時你的形狀比我更是清澈：
因為詢問，你感悟到存在
我卻從查找中壞死
一組接觸不良的神經元

離校的廣播響起木椅倒疊書桌之上
值日生背棄了毛巾掃把
我好像在學者最後的誠信裡失守
太空人不敢為月球圓謊
抽離多少次肉身
跨越多少個光年

才走到一個接納你的生態？

我們談論的死亡如果是一種生物
那會是蹲踞影子中的麻雀
那會是月球般的夜行動物
白化症的純潔從牠們身上掠去
所有你鍾愛的物象都不是陽光的據點
我也曾像你一樣，渴望
死後給紀念為法定假期
但彼此都知道
那天只會得一人放假

二〇一六年九月九日

〃本詩榮獲第九屆大學文學獎新詩組冠軍〃

泥菩薩

你還在假期前罰站，樹影裡
更多學生懷抱忘記，走入新年
一根指針迎著你張望的方向
我和你早就將自己寄得遠遠，於是
我收起你褲袋的剪刀
不為拯救誰，只為我們鍾愛的顏色

你的母親再沒有來電，暗示我
好像揮春——貼在門楣
無法彰顯一點言辭以外的氣魄

記得《論語》老師最後的老氣橫秋：
做人，不可有傲氣，但要有
傲骨

抽泣的暗光我想到
一些不明所以的日子，和憤怒
我相信你的憤怒，也相信
很多結局只能參與，時間徒勞

多元的眼耳口鼻，全都缺席於
沒法企及的實木講台
午後的鷹徘徊不去
一直肆意在空氣喧囂

海面上沒有同伴只得目光
魚在裡面把頭放得很低很低
以後我要用哪件往事
安慰你站姿的崎嶇？
目眩神馳，如果一切皆是印象

一切皆是軟弱：
我坐在教員室簇新的椅子
諦聽你在外面為指控的冰冷結巴
剪刀刺進我廉價筆筒內
小小的便條，提醒我
放假回來要把它歸還，或弄丟

我曾想過換你一把勞工刀，鼓勵你
錯手完成一張沒有歧異的剪紙
一刻失神，原來，我的本相
從不願懷抱忘記，依然
佇足十四歲那黃昏走廊前
握拳，等候一副眼鏡篩去多餘的目光

二〇一七年二月一日

對流雨

整個九月只下過一場雨
沒有差別的氣溫
順著手勢鑽進褲袋裡歇息
伴隨同事吃了一個月午膳
翻不進的話題
只能用母親配給的零用錢付帳
越過入閘機的異響
剝開喉鈕如同鬆開一枚拳頭
朋友都說工作地點偏遠
要過海，還要早起

金鐘站積存的疲倦和反問語
趕不及回答下一列列車又到來
放鬆身體，握成一個正常的問號
隨意勾在扶手裡假寐片刻
醒來便更換另一種情緒
迎接上班和下班的室溫差異

整個九月只下過一場雨
一場沒有記認的對流雨
氣溫依舊，衣袖仍沒需要熨平
幾道粉筆幼痕畫在皮鞋鞋端
每天它們都越過海洋

跟從我靠近大海工作
早上我弓著背回答無數設問
夜裡我握著鈔票急步回家
用一首英文老歌解決所有盤問：

"Remember
Days are numbers
Count the stars
We can only go so far
One day, you'll know where you are"

二〇一五年舊曆生日、出糧日、給家用的第一天

油酥雨

某個失眠過後的下午
我蹲在矮桌子前
為一個紅色的框架
留下逃生出口，想像
他們會把錯誤糾正過來
默默地，順著我的筆跡
讓過長的部首伸到窗外
然後，呼一口稀薄的冷空氣
白牆上生長著倒刺
日光成為了指引異鄉的

地圖，伴隨其他工具書
漸漸發霉
當我們懂得分辨濕氣和霧氣
蒼老便是一種固態，凝結在
二十四歲時的左耳
那時候，我們會割捨多餘的感官
最好只剩下視覺，零零星星
就像黃昏時突然落下一場
瘦小的油酥雨，斷斷續續
為柏油路建構各種
不太透風的聯想
最後指頭學會了沉默

無力再勾起茶杯，察看
從內裡蔓生出來的符碼
是的，我們好應該躲進室內午睡
又或是掏出一本小說
在空白的地方
畫下一個小紅框，記錄
屬於自己的字體蛻變史

二〇一五年五月五日

活埋三首

「早晨寫一封信
我寫道，我們應當對絕望
表達深深的謝意」

——陳先發〈活埋頌〉

0810

早晨這樣壓下來
所有門的框架，都懸掛著
一層又一層的薄影，越過最後一扇

我就疊成門的頑固，沒有內容
像今早的特別廣播，用咳嗽
開展一段悠長的默然

那是宣讀名字前，校長適時的停頓
於是有人適時地驚訝、抽泣
輔導老師適時地佇立，我適時地
替換了重心腳。一切都恰如其分般完成
就連點名冊上，也適時地
以一欄星號取代原來的學號

看著學生逐一舉手，求助，被牽走

我無法想像你把悲傷
壓在被窩裡悶死
蒸發出一副早晨的盔甲，每天
穿過同一列門，組裝同一種頑固
有時挾著微笑，不覺牽強
我不曾發現，你單薄的肩膀
早就比我擅長瘦軟
這些都是你的名字尚未跌倒的事
而我正目送一些腳步，戰戰兢兢
步入他們疼痛的起點

1125

一切都恰如其分般完成：
過多的儀式裡，社工不慎看錶
學生偷瞄成年人的花襪子
隔壁課室哄堂大笑，窗外的天橋
有議員坐著開篷巴士揮手
提醒一個特別日子，為時未晚

社工示意我說些話，我閃過很多
他們可能愛聽的，卻找不到
合適的聲線，演繹一場未及綵排的話劇

如果默哀是一種語言，如果
當時我能像現在一樣
以書寫分擔緘默帶來的喘息
空出的座位便不能輕易介入
往後派發文件也不用留神

「大家要堅強。」
鐘聲恰好吞掉一個呵欠
拖沓的腳步又再脫離門框
給褪下的剪影，薄薄幾片，晾曬著
光透過來，空出的椅子圈更瘦
瘦得像一張油印工作紙

上面刻有我公式而粗淺的回應
誰也不願理會，只依循
標準答案，草率地更正自己

1630

不管往上還是向下，樓梯的欄杆
總困住人。我翻開你一篇作文
內裡藏著的話不深不淺：「水族館，
魚看似快活地游，其實
是在尋找逃生出口。」

幾個追逐的學生，發現我便立即道歉
然後沒入我看不見的角落繼續奔跑
他們會找到出口嗎？
是那個矃正錯別字的方格嗎？

我後來才知道，再方正的規限
都不過是人訂立的
那是在某次監考，與窺探的人
重疊於門的小窗才醒悟得到
而你正張望著天空，未有起飛，靜靜
等待一切考驗結束

依照備忘錄的指示，呈交
所有書簿和暗飛的慰問
有人突然蓋平我肩起的斜坡
「我們是專業的，先照顧好
孩子，再讓自己傷感。」
我不肯定哪種情緒載有時限
我能肯定的，是將在某年暑假的水族館
遇見一條不太顯眼的魚影
我無從剖開牠的情緒
然後鯨鯊掠過，一張同樣難解的臉
倒映著木然，永遠等待被組裝和卸下

二〇一九年四月一日

不應該

那是不應該的，雨
不應該明天落下
未來不應該在陰天晾曬
天不應該藍，晚上不應該帶光
要堅強，像快將壞死的流星

一部棄置的舊電腦
不應該記得密碼
鎖鑰不應該熟悉每道門柄
拐彎，不應該碰上任何人

不愛說話就乾脆連聆聽都拒絕
反正耳蝸是迷宮，不應該
容易離開

出口不應該有亮燈
按鈕不應該安置睡房旁
不應該失眠又想看書，文字
也不應該只得一種筆順
然後渴望被人讀懂

我的說話不應該誰來翻譯
那是不應該的，當你也喜歡

完成一些沒意義的事
譬如現在

二〇一七年八月十日

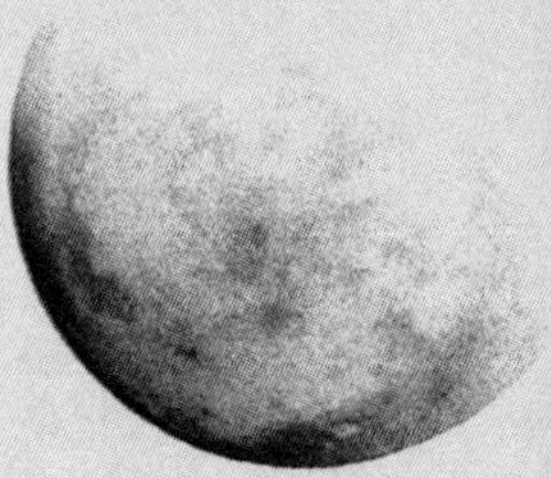

輯五

有人說魚擅長遺忘

人造雨

你們維持了緘默和脈搏
在一個佈滿人造雨的夏天
用口袋內的線頭
編一張小網
攫住所有的虛筆跟實筆
留在飯桌上的字詞都寫進明信片
並敬祝對方，生活愉快

那時候，你們會攜同伴侶
從冬眠洞穴中走過來

搜索兒時背包裡的違禁品：
半支有唇印的香煙、父母的
印章、兩隻遊戲光碟，以及
一個穿池靈光的捕夢網
我用它編織成
現在的自己
你們卻只顧把煙支點燃，然後
圍著分享一團迷霧
靜靜地變化

忍耐讓你們成為最後的先知
依然虔誠，把濃霧都扭曲為異象

我想揭穿那不過是一場
無知的人造雨
剛落在沉默如蟬鳴的夏天

虛妄的
不重要的
但我馬上想到
湮沒了的一段路，也許
屬於一個過場的鏡頭：
我們只是跨了過去
沒有變得成熟

二〇一五年八月三日

默哀

要解讀的
是一雙彩色花襪子
木椅紋上我們佝僂的背
時間守候圓心
旋走感性的符號
微雨和光
外面有人提公事包踱步
這是晚秋的覺察
長空枯萎像大樹下的礫石
原來約好早晨步操致敬

已經落後了，一些
我們繞不過去的枝節
反覆折射在門上朦朧的框邊
沒有人在乎誰突然闖進來
掩著眼睛不想
為遲到的門把有無止境的期許
默哀不切實際，或許
最後的抬頭才配得上紀念

二〇一六年十一月十三日

陣雨

——給V

積雨雲終於不再堅持
虛線稀薄，流過灰沉色的人面
你說你喜歡下雨天
躲於雨群裡你會更見安全
天氣驟變，驟變成這天的唯一話題
打開傘跌出一個人或兩個
雨勢不容許並肩說話而你覺安然
原來水窪也正好下著微雨

兩種雨景在接觸時呑沒線的疏落
曾經執著的心事會隨之落下吧？
這個雨天我們忙碌你卻能歇息
房門打開窗戶打開就連天空也打開了
稍強稍弱的雨把所在的空間包圍
你和書桌和大廈都淡淡被霧化
人們都不願適應透明的外衣
只有你喜歡靜謐的雨
解讀線狀頻率的心事
可是雨雲擅於離場如我們
陣雨往往只是分歧
生活仍然是不可解的節奏

一個或兩個並肩遁成人的形象
他們會遺忘剛才的陣雨如傘在桌邊佇候
而你又重回水窪那邊
泛起圈圈倒影讓自己和景物失焦模糊

二〇一五年十二月十日

彌留

——記 13072017 離世者

不是每一顆心臟都盛載人
尤其，晨早的鏡子裡
五官都像黑鳥
蓋在臉皮上，喘氣，卻不像是棲息

骨頭拒絕一切分離，裡面的白
足以薰染一撮人的宗教
某一片刻誰沒有想到禱告

便有了罪，但疲憊遠高於罪
懲罰的空位顯然過分地醒目
人們終究推測到
不是所有的白都可以覆庇疼痛
也不是所有謊言，都能如期發炎

假如敵人長居於鼻翼
願他們得勝以後不慎囂張
願半開不闔的眼皮
恰好瞥見，好讓你回去
跟上帝討論有關盲點的問題

二〇一八年二月十七日

腦退化

我仍然記得
盛夏的側影在山坡上折騰
仍然記得，窗台懸著的風車轉動
幾隻麻雀尋找倒生的盆栽
你會用晾衫竹驅趕
説一句家鄉話，讓牠們自由

我仍然記得房子的灰
陽光倉卒
打開雪櫃乘涼

你又來把我拉走，好像
報復多年以後
我們把你安放在遠遠的地方

後來你就不記得了
不記得城市有光
不記得走路，不記得
午後吃過的粥
不記得睡覺、穿衣、名字
都不記得，哪個姑娘畫花你的臉

也無不可，真的

如果死亡還談不上卑微
又有甚麼不可以留著

二〇一七年八月十一日

教母親玩 FACEBOOK

母親退出了我的旅遊相簿，不捨
又拉開了自己的版面
一個尋常安息日，母親創建帳戶
多麼快樂呢，來回我的房間，詢問
關乎隱藏和顯露的一切標示
地球的剪影為何代表公開？朋友並肩
內斂地展現心室的裝潢佈置
我想起小時候母親牽我到公園

放手，讓我跟隨同齡的小孩奔跑
爭執是當時初涉的讀音，她教我
默數十秒，忍耐，迴避，像一道滑梯
繞過更多往後必須閉目的哀傷
長大以後我未曾孤單，複印自己身軀
張貼在地球暗灰色的表面

常聽人說一代不如一代，我不能構想
自己成家以後，怎麼維繫各個圈子如母親？
失去沉靜的網，我的分享應該放在哪個壁報？
我鍾愛模仿別人的角度，檢視自己
現在我可以執著相簿到你家按鈴嗎？

一些唐突和無從申辯的言語，不可能
依靠時間錯開而漸漸逃逸
同行的朋友，在地球植根的地球，還有
我不懂區分的符號正在扭曲變長
母親握著手機嘗試，上一代的宇宙
流逝於一個泛著水光的屏幕，枯萎如我們

我告訴母親，工作關係，我開設了兩個帳戶
原來有些事情是沒法忍受，十秒鐘呼吸
或是下班繞過一段長路的漫散，我都不曾從容
母親將手機遞給我：一個只有十個朋友的帳戶
失去功能的地球，迴轉依然

二〇一七年一月三日

夏天的聖誕樹

——給肥姨姨

最後一次碰面，是在行人天橋
那時我還在名校實習，逐漸適應新生活
你說自己身體健壯，囑我回家轉告
母親在夜裡收到短訊，你笑說
阿聰還那麼年輕，比較像學生

成長，總是來得非常突然
量身高的小黑線縫在門後，沒有既定頻率

就似客廳冒出了一棵夏天的聖誕樹
拿著燈飾，不知是聚還是散
但這棵小樹確實長在你的身體裡
擴散還是聚攏，都改變不了
你說自己身體健壯，我卻不知道
要轉告家中哪一位

你的死訊，是母親從行人天橋帶回來
那時我正把領帶逐一鬆開
別在恤衫的領子
為以後無數個匆忙早上作準備
卻沒想到，頃刻又要把一件沉色的

掏出來，重新掛在房門後
母親為你致電給朋友，沒人相信的
消息就如聖誕樹在炎夏，突然盛開
又突然枯黃

往後無數個聖誕夜
我想像你的獨子拿著燈飾
把四肢聚攏在可圈定的日子裡
我又想起那天相遇，你高興地
說出第一句說話：還認得肥姨姨嗎？

二〇一五年五月七日

追思會

感謝你們記得——死者喜歡看窗
黑框內臉容有一道清晨的街
和迎面來的一切問好
嗩吶忍不住去小便
一個黃袍道士坐在角落揉眼鏡
來賓是死者貴親？
主持人又再打開堂後的門
在默哀的人面前整理好西裝的袖
再沒有人辨別黑是否純淨
沉默會是禮儀堂內的天色

熟悉的從椅上離席
陌生的留下來點讚
相識經過不外乎咖啡電話原子筆
較少見面的就只得花牌
今夜死者為親朋好友敬備酒水
一個茶位忘掉清洗輪迴的毒

最後凋零會像一塊石碑
誰人沿著同樣的山路走入節期
仍記得下午破地獄的火屑嗎？
這口氣徘徊過哪位英雄千年的胸肺
應該知足，當世界未曾為失去某人而崩塌

從相反的方向
我要為地球栽種出一畝芒草

二〇一六年九月十一日

石頭

直到我開始抽走你的書簿，才發現
你在科任老師的橫線偷偷填上「曾老鼠」
那本你從未及格的默書簿
最後背默的一課，永遠等不到誰來謄正
如陸運會的黃昏，你自光的一面回頭看我
跑著跑著就聽不見我們的呼喊
然後一頂童軍帽便鑲嵌在甚少敞開的玻璃窗內

我想自己是畏光的老鼠，又或是石頭
沉默裡蘊藏不停歇的風亂竄

是我沒有把更多陽光投進你校服的衣袋去
週記每一頁只記錄老師不稱職的笑話，你笑言
要為我完成人生的傳記
在你的計劃裡，又怎樣刻劃自己的幽默？
當值時偷吃紫菜、取走大家的午飯、摘下眼鏡
偽裝成不是自己的模樣

空空的書桌坐在角落，原來不需要填滿
我漸漸習慣不向某個方向講課
有人因墜下而躍升，有人
自時間裡黯然，而我只想到逡巡
從向海的一方我為他人構想若干個理由

沒有一個能鑿開圍繞我的頑固
我寄望清靜，卻沒有潛入海的勇氣
個多月前我們看著潮漲燒烤
你多烤了一隻海蝦剝開外殼送進我的膠碗
那時候濺起的水花和漣漪，迴盪在
果凍似的海面，這時你又多烤了一隻
我故意把名字斷斷續續地默唸
竟組成了一句枯萎的笑聲，叩響
對岸沉睡已久的大笨鐘
滴答滴答像露台的水滴終要沖回海的循環裡
我這塊石頭依約在原地守候

二〇一六年十一月六日

桂花魚

1

我記得我走過一條寬敞長廊
掛著名牌的兩邊都立著門
扶手正正方方，攙扶都需要具象
厚實、有規律，如凝望窗外天色
灰藍卻有生氣，比光管有神
勾著的名字都長著一雙魚眼
眼目的迴光使我連旋開把手都怕
我害怕有龍在室內噴火

猛然透出黑氣，又猛然吸回
然後一段中古歷史剝落成鱗片碎開
給誰撿拾製成化石刻上編號
埋在風沙變成世界一部分

那年我十歲，再見都有一種接近的意味
他沒有噴出黑氣我記得
光管繞過鼻孔兩邊，如外面長長的走廊
足夠站滿一群來送別的口罩人
不能說話的外公、不懂說話的孫子
有魚在中間的光悠閒地游
昂首闊步，像不再被世界捕獲

不會凝結成化石，也不會
記得二人在一場會面綵排後便離去
靜得沉進大樓底層，眼睛才突然學懂說話

2

我記得我徘徊在一個空蕩的井
井底幾個太太買菜經過，偶爾仰望
滿載心事的天空，像郵筒
焦急卻又不願走開，就這樣蒼老下去
轉角的一間是外公的家

每次敞開都有炊煙從屋內冒出
一個退役伙頭兵，消瘦在歷史記錄裡
撒下薑葱，倒上滾油
為後代的胃行弒一尾無辜的桂花魚

外公存在於隱去的歷史
曾替幾個抽象理由舉起槍桿
一切荒涼的念頭原來只換得一場平淡
他的半生是秋天，來來回回
拼湊一張性格各異的餐桌
夾著煙支不會被涼風吹滅
直到肺也開始收集化石

一條透明管道接連鼻孔和機器
我這代人從你身上學會的，只有張口呼吸
像遇溺的魚跟天空喃喃自語

3

我記得小時候面對過魚眼
一雙一雙長在成年人的額角
彷彿要平衡井的方位和景觀
一個大暑的下午，沒有風的屋邨
斗室在小舅父離去後變得好靜好靜

外公把薑塊切片，鋪在魚身上
坐在廚房吸了一會白煙，才端出來
放進圓桌中間坐下

那時我才知道，留下一碗白飯的意味
我記得咀嚼的聲音有角
刺入胃裡翻滾出池塘的腥臭
外公將魚端回去就再沒有出來
燈光灰黑色，而飯桌像殘片借來的道具
動作放得很慢很慢，間中仍會聽到
哮喘的氣喉音，徘徊在外面的井逐格走調
圍攏的眼垂下來是魚肚的半圓
我拿起或放下碗筷，都好像有罪

4

我記得一段歷史的組成：
一個相信風水命理的老人，在死期前退休
上帝的外判使他多活數十年
見證生命冊以外無數子嗣
時間停住清遠來的火車，經過幾場戰役
青年找到沒有槍桿沒有理由的土地
躲進炊煙裡，握緊文明的銀器
繼續為生命裁減更多的生命
他喜歡清蒸桂花魚，看著親孫和外孫分吃
還有苦澀的田七，讓後輩學懂掙脫規限

飯桌上我們很少談話，專注研讀
一篇家族命運史，序章由魚骨堆砌
往後記錄都有雜訊干擾
我遺傳了你半世紀的沉默，一頭深海巨獸
蘊藏著幾多宇宙的心事？
夜裡露台外的燈很淺白
用點想像力就可以連結天空海洋
如皮膚給新時代的命理穿透
新鮮的空氣都給蒸熟過一般清澈
偶爾還想抽一根煙吧？栽種藻類的肺
經營不了一場變賣空氣的生意

5

我記得一條像鎖骨嶙峋的走廊
毯子在外公雙腳捲起魚的尾巴
扭彎了的光盤在床上，繞一個大圈
回到鼻翼，耗掉了幾個秋天

我選擇在其中一個降生
一個故事裡從未想像過的外姓後裔
意外成為了冬至的唯一目擊證人

我記得做節要騰空一碗白飯
我記得外婆說頭七那夜要擲剪刀驅鬼

我記得往後幾年都不愛吃魚
有人說魚擅長遺忘，我害怕味蕾未及成熟
丟失了一桌節奏緩慢的家常便飯
好幾次我都獨自上山，繼續以無言
敲鑿一段姓氏以外的歷史後遺
泛黃的光篩著篩著，又有甚麼從中間流淌
牠最後會游到內斂的海灣，不再懼怕
被豔陽和時間白白烤熟

二〇一六年九月九日

〃本詩榮獲第四十三屆青年文學獎新詩高級組優異獎〃

後記

經過幾場靜謐的挫敗，我開始跑步：從獨居的家出發，在屏麗徑附近走上天橋，挨著一列工廠大廈，然後看到「中葵涌公園」褪色的字體，沿龍翔道上坡，不住地跑，有時到華員邨巴士站折返，狀態好一點就跑到荔景、葵芳，繞一圈回家。

十月過了泰半，只得汗臭和廉價運動衫的塑膠味，沒有秋意。這場一個月、一個人的戰鬥，我訂下了二百公里的目標，撇開練習巴西柔術的日子，每天至少跑七公里。七公里。大學三年級那年我參加馬拉松，每天練習都跑去了十公里，某次詩會被同儕訕笑比寫詩更努力，那時我並不覺得，寫詩、跑步或者任何事物都可以算得上永恆，三年級了沒有人不去談及未來，但我們就是故作鎮定，坦然接受。

那年我寫道：「我們只是跨了過去，沒有變得成熟。」

石英徑附近有一巴士站，滿懷心事似的，目送一架又一架不願停下的巴士。每次走到那裡，剛下班的男女緊盯著我，好像我犯了無禮的錯，他們誇張地往後退，用以表明這份奢侈多麼叫人嗤之以鼻。坡段從這裡繼續收窄。呼吸急促、雙目無神，我想在他們看來，我更使人討厭。

畢業以後我習慣了多重身份，遇上種種不如意，就推搪說其實我是教師詩人讀者球員攝影師玩具收藏家，把自己放在不被威脅的位置。所有東西冠上我的名字，好像最終都是無疾而終。接下來幾年，我較少談及個人感受，常以過量的回答阻礙對方提出下一道問題。我甚至避談自己的全名。出版個人詩集談了五年，原來的出版社結業了，我還假裝喜歡讀詩多於寫詩。

就在這段日子，我遇上一名大叔跑手。我不清楚他的慣常路線和時間表，我們只是偶爾碰到，或並肩，或迎頭相逢。他遇見我，總豎起大拇指。我沒有衡量這動作是代表禮貌、讚賞還是鼓勵，在各自的跑步計劃裡，連姓氏都不必透露，可能因為衣著被喚作美國隊長，又或是怪異步姿給聯想成企鵝，總而言之，遇到，打招呼，就是這麼簡單。

我不會告訴他，因為這個微小動作，往後遇見每個跑者，我都依樣葫蘆。他更不會知道，我因而決定出版詩集，在三十歲前。我不信佛，卻很喜歡「六和敬」的相處模式。其中一律「戒和同修」，包含了規律、和諧，以及共同修行的意味。我們都在孤獨地戰鬥著，跑步亦然、寫詩亦然，沒有人會準確明瞭你的進程，很多光和人影在身上流過，他們只能證明規律依然，卻不能催促你繼續前行。我無法肯定往後的步伐如何，但「戒和同修」這四個字，足以告訴自己我還在節奏當中，慢慢調整適當方向。用上這戒律作首本詩集名稱，終生與此掛鈎，即使給淹沒，也無不可。

二〇一九年十月十六日

責任編輯＝羅國洪
裝幀設計＝羅康傑

書名　戒和同修
作者　曾詠聰
出版　匯智出版有限公司
地址　香港九龍尖沙咀赫德道2A首邦行八〇三室
電話　2390 0605
傳真　2142 3161
網址　http://www.ip.com.hk
發行　香港聯合書刊物流有限公司
印刷　陽光（彩美）印刷有限公司
版次　二〇一九年十二月初版
國際書號　978-988-74436-1-2